U0011386

假裝去睡覺

睡覺的時間到了，
啵啵妮卻一點都不想睡覺。

那我們來玩
假裝睡覺的遊戲！

好耶！
要怎麼玩呢？

假裝睡覺，
要先打哈欠。

好耶！

爸爸心想：「居然還沒睡著呀！」

「繼續閉上眼睛，
假裝有羊在天上跳，
1隻羊、2隻羊、3隻羊……」

「4隻羊、5隻羊、6隻羊……」

「7隻羊、8隻羊、
　9隻羊、10隻羊⋯

「爸爸，可以假裝讓羊到床上嗎？」

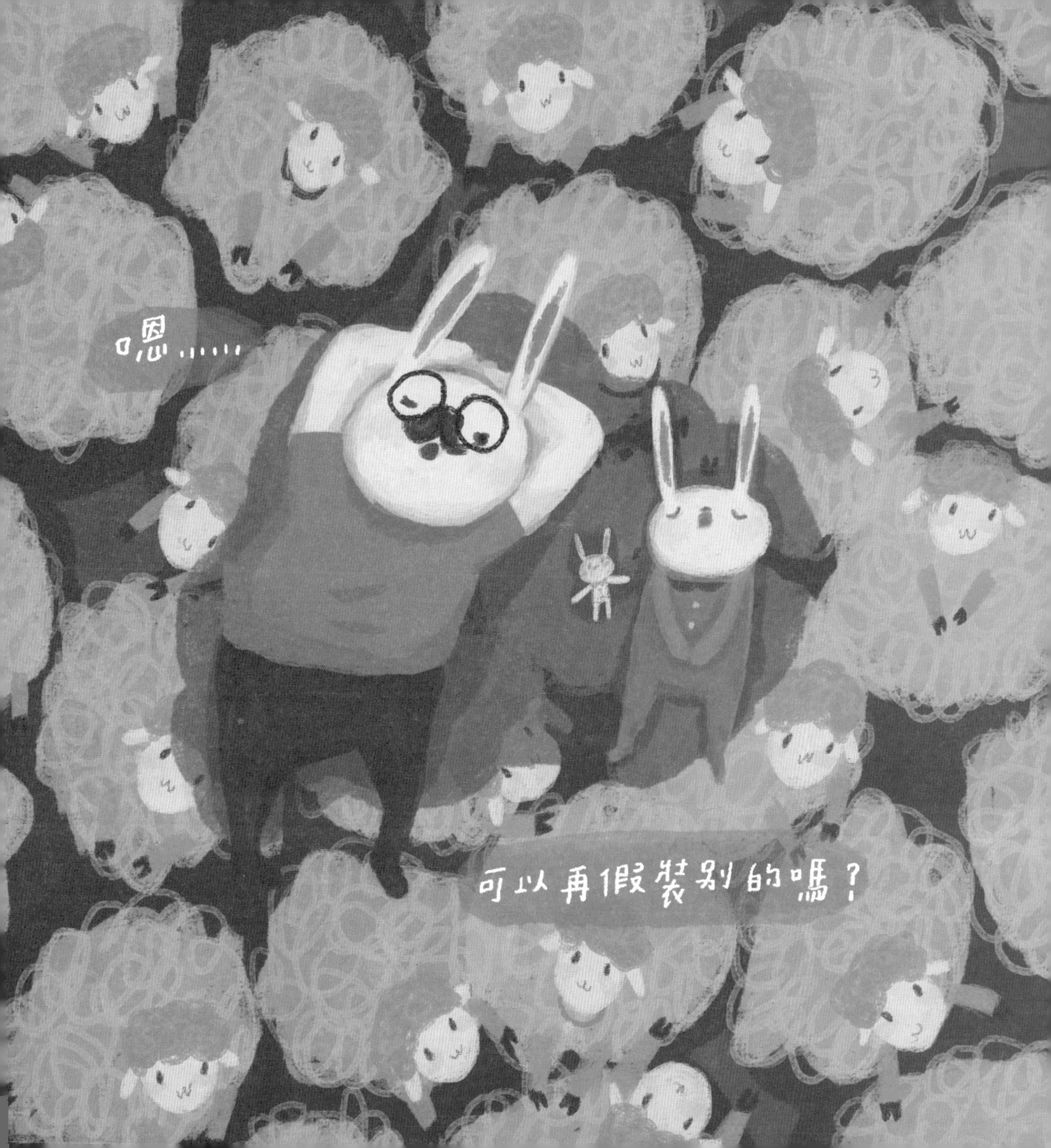
嗯……
可以再假裝別的嗎？

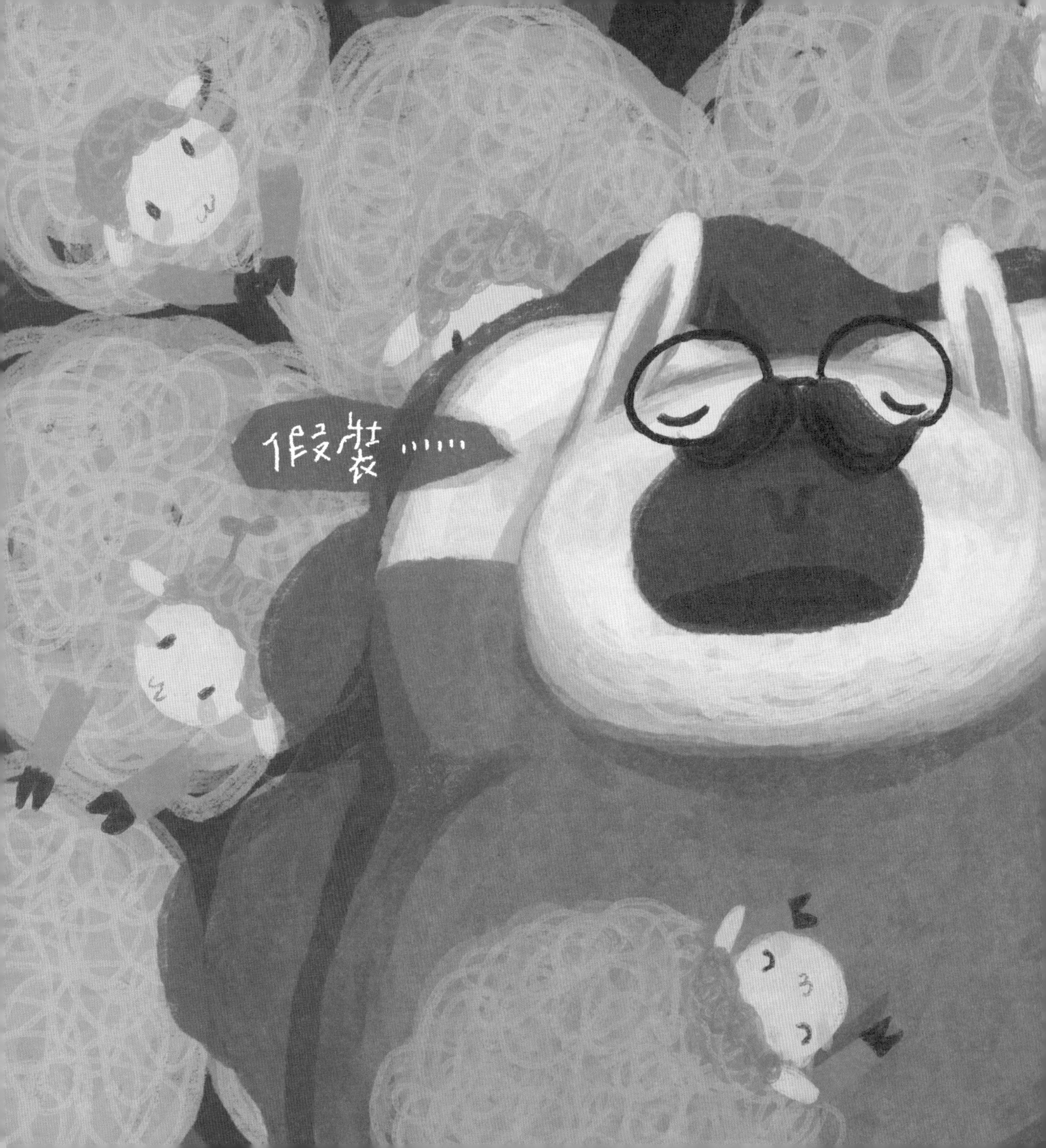
假裝……

作者／蠟筆哥哥　圖／啵啵妮

主編／胡琇雅　美術編輯／蘇怡方

董事長／趙政岷　第五編輯部總監／梁芳春

出版者／時報文化出版企業股份有限公司

108019 台北市和平西路三段 240 號七樓

發行專線／（02）2306-6842

讀者服務專線／0800-231-705、（02）2304-7103

讀者服務傳真／（02）2304-6858

郵撥／1934-4724 時報文化出版公司

信箱／10899 臺北華江橋郵局第 99 信箱

統一編號／01405937

copyright © 2019by China Times Publishing Company

時報悅讀網／www.readingtimes.com.tw

法律顧問／理律法律事務所　陳長文律師、李念祖律師

Printed in Taiwan

初版一刷／2019 年 05 月 03 日

初版三刷／2022 年 12 月 07 日

版權所有 翻印必究（若有破損，請寄回更換）

圖像授權：樂頤股份有限公司

限台灣地區使用

©2019 Lovelly co. LTD

2019年 **6**月 **30**日 前著色完成，

拍照上傳到小時報臉書粉絲專頁，

就有機會抽中超萌啵啵妮造型背包

將於2019年7月1日抽出5位幸運得主

商品說明 可愛的啵啵妮，隨時跟著你出發
背後附有拉鍊式小口袋，
讓寶寶們自己攜帶自己的小物品
加上可拆式的防走丟繩，
小小背包、大大用途！

尺寸 長度約48cm｜包含耳朵跟腳
寬度約20cm

材質 水晶超柔布料+聚脂纖維